MA PREMIÈRE BIBLIOTHÈQUE ROSE

Ce que Winnie
l'Ourson a fait

HACHETTE

1

Porcinet
est inquiet

Il pleuvait tant et tant
que Porcinet n'en croyait
pas ses yeux. Il se disait
que de toute sa vie (et
il avait déjà beaucoup

vécu : trois ans au moins, peut-être même quatre) jamais il n'avait vu pleuvoir autant. Des jours et des jours et des jours !

« Si seulement je m'étais trouvé chez Winnie l'Ourson, songeait-il en regardant par la fenêtre, ou bien chez Jean-Christophe, ou encore chez Coco Lapin quand il a commencé à pleuvoir, j'aurais eu de la compagnie. Tandis que

me voilà ici tout seul, sans rien d'autre à faire qu'à me demander quand ça s'arrêtera. »

Il s'imaginait chez son ami Winnie l'Ourson à

qui il aurait dit : « As-tu jamais vu pleuvoir autant, Winnie ? » Et Winnie lui aurait répondu : « Non, jamais. C'est effrayant. » Et Porcinet aurait repris : « Je me demande ce qui se passe du côté de chez Jean-Christophe. » Et Winnie lui aurait répondu : « J'ai bien peur que ce pauvre Coco Lapin ne soit complètement inondé à l'heure qu'il est. » Quel sujet de conversation ! À quoi bon des événements aussi passionnants que les inondations si on ne peut même pas en discuter entre amis ?

C'était en effet passion-

nant. Les petits fossés secs où Porcinet allait si souvent fouiner étaient devenus des ruisseaux ; les ruisseaux qu'il aimait traverser à gué étaient deve-

nus des rivières ; et la rivière où il avait tant pataugé avec ses amis était sortie de son lit et prenait tellement de place dans tous les sens que Porcinet en arrivait à se demander si elle n'allait pas bientôt venir s'installer dans son lit à lui.

« C'est très inquiétant, se disait-il, de n'être qu'un petit-animal-de-rien-du-tout au milieu de toute cette eau ! Jean-

Christophe et Winnie l'Ourson pourraient se tirer d'affaire en grimpant aux arbres, Maman Gourou en sautant, Coco Lapin en creusant des tunnels, Maître Hibou en s'envolant, et Bourriquet en... en se mettant à braire jusqu'à ce qu'on vienne le sauver. Mais moi, pauvre petit Porcinet entouré-d'eau-de-tous-côtés, je ne vois pas quoi faire. »

Il continua de pleuvoir, et chaque jour l'eau montait un peu plus haut. Le moment arriva où elle atteignit presque le rebord de la fenêtre de

Porcinet alors que le malheureux en était encore à se demander ce qu'il pourrait bien faire.

« Voyons un peu..., se disait-il. Winnie est un ours de peu de cervelle, c'est entendu, mais il ne lui arrive tout de même jamais de catastrophe. Il fait des bêtises grosses comme lui et tout se termine bien.

« C'est comme Maître Hibou. On ne peut pas

dire qu'il soit très intelligent, mais il sait des tas de choses. Il saurait sûrement, lui, ce qu'il faut faire quand on est entouré d'eau de tous côtés.

« Prenons maintenant Coco Lapin : il n'a jamais étudié dans les livres, et pourtant il est capable d'inventer des plans.

« Avec Maman Gourou, c'est la même chose : elle n'est pas bête, loin de là. Mais, à ma place, elle serait tellement inquiète pour son Petit Gourou qu'elle ferait exactement ce qu'il faut faire sans même y penser.

« Quant à Bourriquet,

avec ses idées noires, il serait si peu étonné de se voir en détresse qu'il ne s'en inquiéterait même pas... Reste Jean-Christophe : je voudrais bien savoir ce qu'il ferait, lui ! »

C'est alors que Porcinet se rappela tout à coup une histoire que lui avait un jour racontée Jean-Christophe. Il s'agissait d'un naufragé qui, ayant échoué sur une île déserte, avait écrit quelque chose sur un papier qu'il avait mis dans une bouteille avant de la jeter à la mer. Porcinet se dit alors que s'il jetait lui aussi une bouteille à l'eau, avec un message

dedans, quelqu'un vien-
drait peut-être le sauver !

Il quitta sa fenêtre pour
aller fouiller dans tous les
coins de sa maison (ceux
que l'eau n'avait pas

encore envahis) et réussit enfin à dénicher un crayon et un petit bout de papier, ainsi qu'une bouteille et son bouchon. Il écrivit alors d'un côté du papier :

VENEZ VITE !
PORCINET

puis, pour plus de sûreté, il ajouta de l'autre côté : *C'est moi, Porcinet, qui appelle au secours.*

Après quoi il glissa le message dans la bouteille qu'il boucha avec beaucoup de soin. Il se pencha ensuite par la fenêtre autant qu'il put sans tomber à l'eau et lança la

bouteille le plus loin possible. Plouf ! La bouteille s'enfonça, puis remonta à la surface où elle se mit à danser. Porcinet la suivit des yeux, tandis qu'elle s'éloignait lentement au fil de l'eau. Bientôt, il fut incapable de la distinguer des reflets qui scintillaient à perte de vue. Alors, il comprit qu'il ne reverrait plus jamais la bouteille et qu'il avait fait tout ce qu'il avait pu.

« À présent, se dit-il, ce sera au tour des autres de faire quelque chose, et j'espère qu'ils vont se dépêcher. Sinon, je n'aurai plus qu'à m'en aller à la nage… Et comme je ne sais pas nager, j'aimerais bien qu'ils ne tardent pas trop. »

Puis il ajouta, avec un grand soupir :

« Ah ! comme je voudrais que Winnie soit ici ! On se sent tellement

moins seul quand on est
deux ! »

Quand la pluie s'était
mise à tomber, Winnie
l'Ourson dormait. Et plus
il pleuvait fort, plus il dor-

mait de bon cœur, sans s'apercevoir de rien. Il faut dire qu'il avait eu une journée très fatigante : il avait participé à l'expédition organisée

par Jean-Christophe pour découvrir la Grande Ourse. Winnie était tellement fier de l'avoir découverte qu'il avait demandé à Jean-Christophe s'il n'existait pas autre chose à découvrir, quelque chose qui soit à la portée d'un ours de peu de cervelle, bien sûr.

« Il y a les pôles, avait répondu Jean-Christophe. Et c'est sûrement à la portée des ours parce que j'ai souvent entendu parler d'ours polaires. Mais il paraît que le pôle Nord et le pôle Sud sont déjà découverts. Alors, je pense qu'il reste le pôle Est et le pôle Ouest, car on n'en dit jamais rien. »

Winnie fut enthousiasmé d'apprendre cela, et déclara qu'il fallait tout de suite organiser une expédition au pôle Est. Mais comme Jean-Christophe avait ce jour-là d'autres projets avec Maman Gourou, Winnie s'en alla tout seul à la découverte du pôle Est. Personne ne sait s'il le découvrit ou non, mais il

rentra chez lui si fatigué qu'il s'endormit au beau milieu de son dîner, assis sur sa chaise.

Il dormait à poings fermés lorsqu'il se mit soudain à rêver qu'il était au pôle Est. C'était un pôle très froid, entièrement recouvert de la glace la plus glaciale. Winnie avait trouvé une ruche (vide) où il s'était installé pour dormir, mais comme il n'y avait pas de place

pour ses pattes de der-
rière, il avait dû les laisser
dehors.

C'est alors que des
Bouribous des neiges,
appartenant à l'espèce

particulièrement féroce qui vit au pôle Est, étaient venus grignoter le poil de ses pattes, et ils l'emportaient touffe par touffe afin d'en tapisser les nids qu'ils préparaient pour leurs petits. Plus ils grignotaient, plus Winnie l'Ourson sentait le froid monter le long de ses pattes et il finit par s'éveiller en sursaut.

Toujours assis sur sa chaise, il avait à présent

les pieds dans l'eau, une eau qui envahissait tout le rez-de-chaussée !

Il gagna la porte en pataugeant et mit le nez dehors.

« C'est grave ! se dit-il. Il faut que j'organise le sauvetage. »

Il prit donc le plus gros de ses pots de miel et se dépêcha de le transporter sur l'une des plus hautes branches de son arbre, une belle branche bien solide. Il redescendit ensuite chercher un second pot, et ainsi de suite, et lorsque tout le sauvetage fut terminé, Winnie l'Ourson était là,

assis sur sa branche, les
pattes ballantes, auprès
de dix pots de miel soi-
gneusement alignés.

Deux jours plus tard,
Winnie l'Ourson était

toujours là, assis sur sa branche, les pattes ballantes, auprès de quatre pots de miel.

Trois jours plus tard, Winnie l'Ourson était encore là, assis sur sa branche, les pattes ballantes, auprès d'un unique pot de miel. Et quatre jours plus tard, il n'y avait plus que Winnie l'Ourson, les pattes ballantes, tout seul sur sa branche.

Ce fut dans la matinée du quatrième jour que la bouteille de Porcinet vint à passer devant Winnie.

« Du miel ! » s'écria-t-il.

Il descendit jusque dans l'eau, s'empara de la bouteille et remonta sur sa branche.

« Oh, misère ! grogna-t-il lorsqu'il eut enlevé le bouchon. Je me suis trempé pour rien. Pouh ! C'est bien ma chance !... Tiens, qu'est-ce que c'est que ce bout de papier ? »

Il sortit le papier de la bouteille et l'examina.

« C'est un message, il

n'y a pas de doute, mur-mura-t-il. Un message très important... Voyons, il y a un V, et puis un autre... Deux V, ça fait un double V, et un W ça signifie sûrement Winnie, ce qui veut dire que ce message très important est pour moi. Mais comme je ne sais pas très bien lire, il faut que j'aille trouver Jean-Christophe, ou bien Maître Hibou, enfin quel-qu'un de très savant qui me dira ce qui est écrit là-dessus. Seulement, voilà, je ne sais pas nager. Comment faire ? »

C'est alors qu'il eut une

idée soudaine, et, pour un ours de peu de cervelle, c'était vraiment une excellente idée. Voici ce qu'il se dit :

« Si une bouteille flotte sur l'eau, un pot doit pouvoir flotter aussi. Et si un pot flotte, je dois pouvoir m'asseoir dessus, à condition que ce soit un pot assez gros, bien entendu. »

Il prit donc le plus gros de tous les pots vides qu'il

possédait et le boucha soigneusement.

« Et maintenant,
comme les bateaux ont
toujours un nom, je vais
baptiser le mien, dit-il. Il

s'appellera *L'Ours Flot-tant.* »

Sur ces mots, il laissa tomber le pot dans l'eau, puis sauta à son tour. Pendant plusieurs minutes, Winnie l'Ourson et son bateau se chamaillèrent un peu, à qui aurait le dessus. Enfin, après divers essais acrobatiques, ils réussirent à se mettre d'accord. *L'Ours Flottant* flottait gentiment, portant Winnie triomphant,

installé à califourchon et
ramant tant qu'il pouvait
avec ses pattes.

2

Le sauvetage

Jean-Christophe habi-
tait à cette époque-là au
plus haut de la Forêt des
Rêves Bleus. Il pleuvait à
torrents, mais l'eau ne

pouvait monter jusqu'à sa maison. C'était amusant de regarder au-dessous de soi la forêt et la campagne inondées, et de voir tant d'eau partout, mais la pluie tombait si fort que Jean-Christophe restait la plupart du temps à la maison où il rêvassait à des tas de choses.

Tous les matins, il sortait avec son parapluie et s'en allait planter un bâton en terre à l'endroit

où arrivait l'eau. Le lendemain, le bâton n'était plus visible et Jean-Christophe en plantait un autre, à la nouvelle limite, puis il rentrait bien vite chez lui.

Chaque matin, le chemin à parcourir était plus court que celui de la veille. À l'aube du cinquième jour, Jean-Christophe constata qu'il était entouré d'eau de tous côtés. Alors il comprit que, pour la première fois de sa vie, il se trouvait sur une île. Cette découverte l'emplit de joie.

Ce fut ce matin-là que Maître Hibou arriva, par la voie des airs, pour dire bonjour à son ami Jean-Christophe.

« Tu sais, annonça Jean-Christophe, il m'arrive quelque chose de très amusant : je suis sur une île !

— Oui, dit Maître Hibou. Les conditions atmosphériques ont été particulièrement défavorables ces jours derniers.

— Les quoi ?

— Je veux dire qu'il a beaucoup plu, expliqua Maître Hibou.

— C'est vrai, dit Jean-Christophe. Il a beaucoup plu.

— Tant et si bien, poursuivit Maître Hibou, que le niveau de l'eau a dépassé la cote d'alerte.

— La quoi ?

— Je veux dire qu'il y a beaucoup d'eau partout, traduisit Maître Hibou.

— C'est vrai, dit Jean-

Christophe. Il y a beau-
coup d'eau partout.

— Néanmoins, il sem-
ble raisonnable de penser
que la situation devrait...

— As-tu vu Winnie
l'Ourson ? coupa Jean-
Christophe.

— Non. La situation
devrait...

— J'espère qu'il ne lui
est rien arrivé, continua
Jean-Christophe, mais
je suis tout de même
inquiet. Heureusement,

Porcinet est sans doute
avec lui... Qu'en penses-
tu, Maître Hibou ?

— Je pense comme toi,
Jean-Christophe. Et comme
la situation...

— Écoute, Maître Hibou, tu serais bien gentil d'aller voir ce qui se passe là-bas. Winnie est un ours de peu de cervelle et il serait bien capable de faire des bêtises. Je ne voudrais pas qu'il lui arrive malheur, parce que je l'aime bien, ce bon gros Winnie. Tu comprends ?

— Je comprends très bien. J'y vais d'un coup d'aile et je reviens tout de suite. »

Quelques instants plus tard, Maître Hibou était de retour.

« Winnie l'Ourson n'est pas chez lui, annonça-t-il.

— Pas chez lui ?

— Non. Quelqu'un l'a vu il y a trois jours, assis sur une grosse branche, auprès de neuf pots de miel soigneusement alignés. Mais, ce matin, il n'y avait plus personne.

— Mon pauvre Winnie ! s'écria Jean-Christophe au bord des larmes. Où donc es-tu ?

— Ici ! répondit une voix derrière lui.

— Winnie ! »

Les deux amis tombè-

rent dans les bras l'un de
l'autre.

« Comment es-tu venu ?
demanda Jean-Christophe
dès qu'il put parler.

— En bateau ! répliqua

fièrement l'ourson. Figure-toi que j'ai reçu un message très important, expédié dans une bouteille. Mais, comme j'ai aussi reçu de l'eau dans les yeux, je n'ai pas pu le lire. Alors, je suis venu te l'apporter. En bateau. »

Et, d'un geste très digne, il tendit le message.

« C'est de Porcinet ! s'écria Jean-Christophe après l'avoir lu.

— Comment ? Il n'est

pas question de moi ? »
demanda Winnie, un peu
déçu, en regardant par-
dessus l'épaule de son
ami.

Jean-Christophe lut le message à haute voix.

« Il faut aller tout de suite au secours de Porcinet ! décida-t-il. Je pensais qu'il était chez toi, Winnie. Maître Hibou, crois-tu que tu pourrais ramener Porcinet jusqu'ici sur ton dos ?

— Cela me paraît douteux, répondit Maître Hibou après quelques instants de grave méditation. Les muscles qui font

mouvoir mes ailes ne
semblent pas...

— Alors, voudrais-tu
aller d'un coup d'aile
jusque chez Porcinet et
lui dire que les secours

vont arriver ? Pendant ce temps-là, nous allons chercher une idée, Winnie et moi, et puis nous irons là-bas aussi vite que nous pourrons... Non, non, Maître Hibou, je t'en supplie, plus de discours ! Il n'y a pas de temps à perdre. Va, dépêche-toi. »

Maître Hibou s'envola, la tête encore pleine de tout ce qu'il n'avait pu dire.

« Voyons, Winnie, où

est ton bateau ? demanda Jean-Christophe.

— Il faut que je te dise… commença Winnie en descendant avec son ami vers le rivage de l'île.

Il faut que je te dise que ce n'est pas un bateau ordinaire. Tantôt c'est un bateau comme les autres, tantôt ce serait plutôt une espèce de catastrophe... Ça dépend.

— Ça dépend de quoi ?

— Ça dépend... si je suis dessus ou dessous.

— Ah ? fit Jean-Christophe. Où est-il ?

— Là ! » dit Winnie en désignant fièrement *L'Ours Flottant*.

Jean-Christophe s'était
attendu à voir autre
chose. Mais plus il regar-
dait cette curieuse embar-
cation, plus il se disait
que Winnie était vrai-

ment un ours bien brave et plein d'astuce. Et plus il se disait cela, plus son compagnon baissait le nez, en s'efforçant de prendre un petit air modeste.

« C'est ennuyeux, mur-
mura tristement Jean-
Christophe. Il n'y aura
pas assez de place pour
nous deux.

— Pour nous trois, avec
Porcinet.

— C'est vrai. Il y aura
encore moins de place...
Hélas ! qu'allons-nous
faire ? »

C'est alors que Winnie,
le célèbre Winnie, l'ami de
Porcinet, le compagnon
de Coco Lapin, le conso-

lateur de Bourriquet, le retrouveur de la Queue-Perdue et le découvreur de la Grande Ourse, bref, c'est alors que Winnie l'Ourson en personne prononça une parole si pleine d'astuce que Jean-Christophe en resta la bouche ouverte et les yeux ronds, se demandant si cet ours-là était bien en vérité l'ours de peu de cervelle qu'il avait toujours connu.

« Nous pourrions prendre ton parapluie », dit Winnie.

Et comme Jean-Christophe avait l'air de ne pas saisir, il répéta un peu plus fort :

« Nous pourrions prendre ton parapluie ! »

Mais cette fois Jean-Christophe avait compris en quoi consistait l'idée de Winnie l'Ourson. Il ouvrit son parapluie et le posa sur l'eau, le manche en l'air. Le bateau improvisé flotta en se balançant. Winnie y monta sans plus tarder. Il annonçait déjà que tout allait bien à bord lorsqu'il s'aperçut que tout n'allait

pas si bien que ça : le parapluie chavira si brusquement que Winnie but un bon coup d'eau bourbeuse alors qu'il n'avait pas soif. Il n'insista pas et

regagna la rive en patau-
geant. Alors, au signal de
Jean-Christophe, ils s'em-
barquèrent tous les deux
en même temps et rien
de fâcheux n'arriva.

« J'appellerai ce bateau
L'Idée-de-Winnie-l'Ourson »,
décida Jean-Christophe.

Sur ce, *L'Idée-de-Winnie-
l'Ourson* vira gracieuse-
ment et prit la direction
du sud-ouest.

Je vous laisse imaginer
la joie de Porcinet lors-

qu'il aperçut enfin le navire sauveteur. Bien des années plus tard, il frémissait encore à l'idée des dangers qu'il avait courus lors de la Grande Inondation, mais, en fait, il ne s'était guère trouvé en péril que pendant la dernière demi-heure de son aventure : lorsque Maître Hibou, venu se percher sur l'une des branches de son arbre pour l'encourager et le

distraire, s'était mis à lui
raconter l'histoire de sa
tante la chouette qui avait
un jour trouvé un œuf de
mouette dans son nid,
une histoire tellement

longue (tout comme cette phrase), tellement longue et ennuyeuse que Porcinet, toujours penché à sa fenêtre pour voir si un navire apparaîtrait à

l'horizon, s'endormit peu à peu et bascula douce-ment vers l'eau, jusqu'à ne plus être retenu que par le bout des pattes, auquel moment, par bon-heur, il y eut dans le dis-cours de Maître Hibou un brusque éclat de voix qui réveilla Porcinet et lui permit de se rattraper à temps pour dire : « Pas possible ? Ainsi votre tante... » enfin, bref, vous pouvez imaginer sa joie lorsqu'il aperçut ce brave navire, *L'Idée-de-Winnie-l'Ourson* (capitaine Jean-Christophe), qui voguait vers lui pour le sauver...

Ouf ! Comme c'est vraiment la fin de l'histoire, et que l'on se sent fatigué après une phrase d'une longueur pareille, nous allons en rester là pour aujourd'hui.

Table

Dans la même collection…

Oui-Oui et les ours en peluche

Enid Blyton

Oui-Oui et les lapins roses

Enid Blyton

Oui-Oui et le kangourou

Enid Blyton

Oui-Oui tête en l'air

Enid Blyton

Dans la même collection…

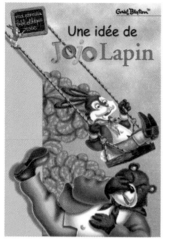

Le feu d'artifice de **JoJo**Lapin

Enid Blyton™

JoJoLapin joue à cache-cache

Enid Blyton™

JoJoLapin et l'arbre à poissons

Enid Blyton™

JoJoLapin et le grand Crocoreille

Enid Blyton™

Dans la même collection…

Michael Bond

Un ours nommé **Paddington**

Michael Bond

Paddington en ville

Michael Bond

Paddington artiste

Michael Bond

Paddington se déguise

Michael Bond

Les exploits de **Paddington**

Michael Bond

Le premier Noël de **Paddington**

Michael Bond

Paddington a des soucis

Michael Bond

Paddington aime les surprises

Imprimé en France par **Partenaires-Livres**®
n° dépôt légal : 57488 - avril 2005
20.24.0769.8/04 ISBN : 2.01.200769.4
Loi n° 49-956 du 16 juillet 1949
sur les publications destinées à la jeunesse